CHOIX
DE
PETITS CONTES,
ANECDOTES,
FABLES, COMÉDIES, DIALOGUES,

PROPRES

A être mis entre les mains des Enfans.

A PARIS,

ez Royez, Libraire, Quai des Augustins,
près le Pont-neuf.

Avec Approbation et Permission.

M. DCC. LXXXIX.

CHOIX DE PETITS CONTES, ANECDOTES, FABLES, COMÉDIES, DIALOGUES, etc. PROPRES

A être mis entre les mains des Enfans.

I.

LE VER A SOIE.

Où t'es-tu caché, petit Ver, qui charmois mes loisirs? Je te voyois encore, il y a quelques heures;

maintenant je ne vois plus que ton habit doré. Tu es enséveli dans ton propre travail, tu y goûtes un orgueilleux repos ; pourrois-je suivre un plus bel exemple que le tien?

Oui, soyez les bien-venues, occupations chéries, entourez-moi, enveloppez-moi tout entier : j'ai les forces de la jeunesse, je veux être un fils du travail. Et quand j'aurai bien employé mon tems, j'offrirai toujours un bel exemple, lors même qu'on ne me verra plus.

De l'allemand de M. OVERBECK.

I I.

LES DOUZE FILS.

Anecdote.

Il y avoit à Londres, et il y vit probablement encore, un vieillard, presque centenaire, tailleur de son métier.

Cet homme a douze fils, qui tous se sont faits soldats et tous se sont distingués dans la dernière guerre d'Amérique. La providence a sans doute veillé sur leurs jours ; ils sont tous revenus sains et saufs, et se sont empressés d'aller trouver leur père. Mais, hélas ! quel spectacle leur offre sa misère ! Il manque de tout, même de pain !

« Point de pain ! s'écria le plus
» jeune, et il a donné douze défen-
» seurs à la Patrie ! cela est injuste,
» et il faut réparer cette injustice.

» Mais comment y parviendrons-
» nous, lui disent ses autres frères ?

» Comment ? N'y a-t-il pas ici
» une Banque qui prête de l'argent
» aux citoyens sur les gages qu'ils
» lui présentent !

» Cela est vrai, mais à quoi peut-
» elle nous servir ? nous n'avons
» rien à engager.

» Rien ? Vous vous trompez, mes
» frères ; notre père a, pendant
» long-tems, fait le métier de tail-
» leur, il a toute sa vie eu une
» conduite irreprochable, et il est
» dans la misère, cela prouve assez

» son honnêteté. Nous, ses fils, » nous avons servi notre Patrie, » et nous pouvons dire que nous » l'avons servie avec honneur. Ve- » nez, engageons cet honneur ; » j'espère que, sur un gage qui » nous est si cher, on nous prêtera » bien cinquante livres sterling » pour aider notre pauvre père ».

Les frères sourirent ; ils applaudissent à cette idée singulière, et l'un d'eux rédige le billet suivant :

Douze Anglois, fils d'un tailleur qui, à l'âge de près de cent ans, est tombé dans la plus affreuse pauvreté, tous soldats et ayant servi loyalement le Roi et la Patrie, prient les Directeurs de la Banque de leur prêter cinquante livres ster-

ling pour venir au secours de leur pauvre père. Nous offrons notre honneur pour gage, et nous promettons de rendre ladite somme dans l'espace d'une année.

Ils portent ce billet à la Banque, on leur compte la somme, on déchire le billet, et on promet de prendre soin du vieillard, tant qu'il vivra.

Bientôt cette aventure devient publique ; des citoyens de tous les rangs veulent voir le vieillard infortuné, père de douze enfans aussi honnêtes et aussi braves, et personne ne vient le voir les mains vuides.

Enfin le vieillard se voit, en peu de tems, dans la meilleure situation ; et non-seulement il a de quoi vivre, mais les bienfaits publics l'ont mis à portée de laisser un petit héritage à ses enfans.

Ce fait, qu'on ne saurait trop répéter et conserver, a été consigné dans toutes les gazettes et journaux.

III.

Qu'est-ce qu'un caractère, ou une marque caractéristique?

DIALOGUE ENTRE UN PÈRE ET SON FILS.

L'ENFANT.

Mon papa, vous me disiez qu'il falloit m'accoutumer à observer et à réfléchir, quand je voyois ou j'entendois quelque chose. Mais je ne comprends pas trop ce que vous avez voulu me dire.

LE PERE.

Mon cher ami, quand tu vois ou tu entends quelque chose que tu n'as encore ni vu ni entendu, tu te demandes d'abord à toi-même ce que c'est, d'où cela vient, à quoi cela est utile, à quoi on l'emploie. N'est-il pas vrai que, lorsque tu vois quelque chose de nouveau, tu es bien aise d'en acquérir la connoissance ?

L'ENFANT.

Acquérir la connoissance? J'ignore ce que cela signifie.

LE PERE.

Acquérir la connoissance d'une

chose, c'est apprendre à la connoître. On connoît bien une chose, ou l'on en a une connoissance juste, lorsqu'on la distingue de toutes les autres choses que l'on connoît. Par exemple, tu vois à présent beaucoup de fruits sur cette table : pourrais-tu me montrer une pomme-reinette ?

L'ENFANT.

Non, mon papa.

LE PERE.

Ainsi tu ne connois pas encore bien une pomme-reinette, parce que tu ne connois pas son caractère ou les marques qui la distinguent de toutes les autres pommes. Mais montre-moi une poire.

L'ENFANT.

En voilà une, en voilà encore une.

LE PERE.

Qu'est-ce qui te les fait reconnoître ?

L'ENFANT.

Les poires sont différentes des pommes.

LE PERE.

C'est ce que je ne crois pas. Ces poires et ces pommes sont de la même couleur.

L'ENFANT.

Oui, mais les poires sont pointues vers la queue, et les pommes ne le sont pas.

LE PERE.

Fort bien, mon enfant. Ainsi tu

as observé une marque ou un caractère qui te fait distinguer les pommes des poires, et cette marque est la différence de leur forme. Mais si tu voyois des figues avec les poires, ce caractère ne te serviroit plus à rien. Les figues sont aussi pointues vers la queue comme les poires, et il faudroit avoir recours à leur couleur. Les figues bien mûres tirent sur le brun, et les poires sont vertes ou jaunes. Alors la couleur seroit le caractère ou la marque distinctive. Faisons un autre essai. Voici trois rubans; celui-ci m'appartient, celui-là est à toi, et le troisième est à ton frère. Je les confonds l'un avec l'autre. A présent, reconnois-tu le tien?

L'ENFANT.

Le voilà.

LE PERE.

Qu'est-ce qui te le fait reconnoître ?

L'ENFANT.

Il est rouge et les deux autres ne le sont pas.

LE PERE.

Bon : la couleur rouge étoit donc son caractère. A présent, prenons trois rubans rouges. Le premier est le mien, le second le tien, et le troisième, celui de ton frère. Je les mêle l'un avec l'autre et je te prie de me dire quel est le tien.

L'ENFANT.

Le voilà.

LE PERE.

Par où l'as-tu connu ? Ils étaient tous trois rouges.

L'ENFANT.

Le mien étoit plus long.

LE PERE.

Ainsi la longueur étoit son caractère. Maintenant voici deux espèces de pelotons : ils sont tous bleus, et il y en a un grand et un petit de chaque espèce. Ceux qui sont à droite, sont de laine, et ceux à gauche sont de soie. Examine-les bien, touche-les, observe.

L'ENFANT.

Je les ai bien touchés et bien observés.

LE PERE.

Les voilà confondus l'un avec

l'autre. Donne-m'en un de soie et un de laine.

L'ENFANT.

En voilà un de soie, et cet autre est de laine.

LE PERE.

Comment les as-tu reconnus ?

L'ENFANT.

Ceux de laine sont raboteux au toucher, et ceux de soie sont plus lisses.

LE PERE.

Très-bien. Tu peux distinguer ce caractère à la vue seule, et tu le distinguerois lors même que tu ne le verrois pas. Encore un essai. Voici trois verres ; dans l'un est du vin, dans l'autre du vinaigre, et dans le troisième de l'eau rougie. Ils sont tous trois égaux, tous trois également remplis et tous trois de même couleur. Comment reconnaîtras-tu dans quel verre est le vin, dans lequel le vinaigre, et dans lequel l'autre mélange?

L'ENFANT.

Il faut que je les goûte.

LE PERE.

Tu sais donc quel est le goût du vin, et quel est celui du vinaigre?

L'ENFANT.

Je vous en réponds.

LE PERE.

Ainsi le goût est pour toi, dans cette occasion, une marque distinctive, un caractère. Mais supposé que tu ne pusses pas les goûter, et que tu voulusses cependant les connoître, comment t'y prendrois-tu ?

L' ENFANT.

C'est ce que je ne sais pas.

LE PERE.

Je veux donc t'indiquer un autre caractère, l'odeur. Le vin a une autre odeur que le vinaigre, l'eau n'en a point, et celle qu'elle a ici, est fort différente des deux autres. — Connois-tu ton frère Charles ?

L'ENFANT.

Ah ! mon papa, cela se demande-t-il ?

LE PERE

Par où le connois-tu ?

L'ENFANT.

Par son visage.

LE PERE.

A merveille. Ainsi tu le reconnoîtrois bien au milieu de cinquante enfans de son âge et de sa taille, parce que tu as observé sur son visage des marques distinctives, un caractère, qui ne sauroient se trouver précisément les mêmes sur aucun autre. C'est en remarquant les différens caractères des choses, en observant leurs marques distinctives, que tu apprendras à les connoître. J'ai donc eu raison de te dire qu'il falloit réfléchir et observer. Une autre fois, je t'apprendrai ce que c'est qu'une qualité ou propriété.

Imité et traduit du livre allemand qui a pour titre: Première nourriture de l'esprit, etc.

I V.

Moyen assuré pour vivre long-tems, se bien porter et être toujours joyeux.

Mes enfans, avez-vous envie d'atteindre un âge avancé, et d'être toujours joyeux et bien portans? Ecoutez-moi. J'ai découvert un moyen sûr pour y parvenir, et voici comment.

Je lus un jour dans les gazettes qu'il étoit mort à Londres un homme qui avoit vécu cent-dix ans, n'avoit jamais été malade et n'avoit éprouvé aucun chagrin. Aussi-tôt j'écrivis à Londres, et je demandai comment cet homme avoit fait pour devenir si vieux et passer une vie aussi agréable. On me répondit qu'il avoit toujours cherché à obliger tout le monde ; qu'il ne s'étoit pas disputé une seule fois en sa vie ; qu'extrêmement sobre, il n'avoit jamais mangé et bu au-delà de ses besoins ; que, dès sa plus tendre enfance, il avoit aimé le travail, qu'il n'avoit eu d'autre secret pour vieillir dans le bonheur.

J'écris cette réponse dans les tablettes auxquelles je confie ordinairement tout ce qu'il m'est important de ne pas oublier.

Bientôt après, les gazettes m'apprirent encore qu'une femme âgée de cent-quinze ans venoit de mourir à Stockholm, qu'elle n'avoit jamais été malade, et qu'elle avoit conservé sa gaîté jusqu'au dernier moment. Vîte, j'écris à Stockholm pour savoir comment cette femme a fait pour se bien porter, être toujours gaie et devenir si vieille. On me répond qu'elle avoit toujours été de la propreté la plus recherchée ; que, tous les jours, elle se lavoit, non-seulement les mains et le visage, mais tout le corps, à l'eau froide ; qu'elle ne se soucioit d'aucune friandise, ne mangeoit point de sucreries, et ne prenoit ni café, ni thé, ni vin ; et qu'on attribuoit son grand âge à cette extrême modération et à cette propreté qui ne lui coûtoient aucune privation, parce qu'elles étoient devenues des habitudes.

Vous pensez bien que j'écrivis encore cette réponse sur mes tablettes. Quelques mois après, je lus dans les gazettes qu'il étoit mort à Pétersbourg un homme âgé de cent-vingt ans, qui n'avoit eu d'autre maladie que son âge, et qui, toute sa vie, avait été gai et content. J'écris encore à Pétersbourg pour m'informer des moyens que cet homme avoit employés pour devenir si vieux et vivre si content. On me répond, d'après le témoignage de ses amis, qu'il se levoit de très-grand matin et se couchait de fort bonne heure; qu'il ne dormoit pas plus de sept heures; qu'il ne connoissoit pas l'oisiveté; qu'il travailloit beaucoup, et souvent en plein air, sur-tout dans son jardin; qu'il n'avoit pas d'autres plaisirs, et que ceux de ses compatriotes n'étoient pas de son goût.

Cette réponse fut encore inscrite sur mes tablettes.

Je lus enfin dans les papiers publics qu'il existoit à Edimbourg, en Ecosse, un homme de cent-vingt ans, qui n'avoit jamais été malade, et étoit renommé par sa gaîté. Justement il étoit connu d'un de mes amis qui résidoit dans cette ville. Il communiqua ma lettre au vieillard qui lui dicta la réponse. « Ecri-
» vez à votre ami, lui dit-il, que
» j'ai été élevé très-durement, qu'on
» m'a accoutumé à supporter éga-
» lement le froid et le chaud, et

» toutes les intempéries des saisons; » que je n'ai jamais été trop cou- » vert, ni jour, ni nuit; que ma » nourriture a toujours consisté » dans les mets les plus simples, » pris avec modération; que je ne » puis pas me reprocher un instant » d'oisiveté; que mon enfance et » ma jeunesse ont donné beaucoup » de satisfaction à mes parens, et » que, dans un âge plus avancé, » j'ai toujours cherché à contenter » tout le monde, afin d'être con- » tent moi-même ».

Je n'oubliai pas d'inscrire aussi cette réponse sur mes tablettes. Tu serois un grand fou, me dis-je à moi-même, si tu ne cherchois pas à imiter l'exemple de ces vieillards.

Alors j'écrivis toutes ces réponses sur une espèce de tableau que je suspendis dans l'endroit le plus apparent de ma chambre, afin de ne les perdre jamais de vue. Tous les matins et tous les soirs je les relisois et je m'examinois moi-même, pour savoir si ma conduite répondoit en effet aux préceptes qu'elles contenoient.

Maintenant, mes enfans, je puis vous assurer que, depuis ce moment, je suis mieux portant et plus satisfait que je ne l'ai jamais été. Autrefois j'avois des maux de tête fréquens ; à peine en ai-je à présent trois ou quatre fois par an, et encore sont-ils très-supportables. Autrefois je n'osois sortir de chez moi

par

par la pluie, la neige ou le vent, sans m'exposer à un rhume, à une toux, à une colique; aujourd'hui je sors par tous les tems, et je n'éprouve rien de tout cela. Autrefois je ne pouvois marcher une demi-heure sans me fatiguer ou avoir des étourdissemens, à présent, je marche quatre ou cinq heures sans me fatiguer.

Vous ne sauriez imaginer combien je suis satisfait de ce changement. C'est une belle chose d'être toujours bien portant, gai et fort. Cependant je n'ai pas encore pu venir à bout d'imiter entièrement ces vieillards; j'ai, par exemple, été obligé de reprendre le café dont je m'étois privé. Cela m'a chagriné, et j'ai écrit au vieux homme d'Edimbourg, pour lui demander ce qui pouvoit m'empêcher de faire absolument tout ce qu'il faisoit. Il m'a répondu que cela venoit de ce que je ne m'y étois pas accoutumé dès mon enfance ; que j'étois déja trop vieux pour me défaire de mes anciennes habitudes et en reprendre de nouvelles ; qu'il m'engageoit cependant à continuer, parce qu'il étoit sûr que ma santé y gagneroit.

Alors je me suis dit à moi-même : Que ne suis-je encore jeune ! Que ne puis-je revenir à mes premières années ! Comme j'en profiterois pour imiter ces heureux vieillards !

Oh ! mes enfans, vous qui m'entendez ou me lisez, profitez de mon exemple. Vous êtes encore dans cet âge où il est facile de changer les habitudes, vous pouvez suivre de point en point les modèles que je viens de vous offrir, et en servir ensuite vous-même aux enfans que vous aurez. Les premiers momens de vos efforts pourront vous paroître pénibles ; mais que sont quelques instans de gêne, en comparaison d'une longue vie où vous ne connoîtrez que le plaisir !

De l'allemand de M. Campe

V.

Les petits Pêcheurs.

Anecdote.

Monsieur de Haren vivoit, il y a à peu près cinquante ans, dans une de ses terres qu'on appellait Wœlbst. Ses deux fils faisoient tous ses plaisirs; il les élevoit lui même et s'occupoit continuellement de leurs amusemens. Tantôt il leur préparoit un cerf-volant; tantôt il les menoit à la chasse avec lui, ou les divertissoit par de petits feux-d'artifice qu'il composoit lui-même. Quelquefois ils se promenoient ensemble sur une immense pièce d'eau qui étoit au milieu des jardins, et tendoient des appâts trompeurs aux brochets qui l'habitoient. Ce dernier divertissement sur-tout étoit fort de leur goût, et ils auroient volontiers passé la journée sur la pièce d'eau. Mais ils n'y allaient jamais seuls, et la barque tenoit à une chaîne arrêtée par un cadenat.

Un jour, Monsieur et Madame de Haren avaient été obligés de sortir et de les confier à quelqu'un de leur maison. Les deux petits espiègles trompèrent la vigilance de leur Argus, cherchèrent et trouvèrent la clef du cadenat, et les voilà au milieu de la pièce d'eau, avec leurs lignes, dans la barque libre et éloignée du bord. Ils ne se possédoient pas de joie ; un jardinier qui les apperçoit, leur crie : « si M. votre » père vous voyoit ! » Ils ne l'écoutent pas et lui tournent le dos. Bientôt leur ligne se courbe, une proie y est sans doute attachée, c'était une carpe énorme. L'un d'eux, pour mieux voir, se penche sur le bord de la barque, mais son pied l'entraîne et fait chavirer la nacelle, et les deux frères sont noyés.

S'ils avaient écouté leurs parens ! s'ils n'avaient pas méprisé l'avis d'un homme plus âgé qu'eux ?

Imité de l'allemand de M. Gœkingk.

VI.

SUITES DE L'ORDRE ET DU DÉSORDRE.

Anecdote.

CHARLES et Ernestine étoient d'un caractère bien différent. Charles étoit l'ordre même ; ses habits étoient toujours propres ; ses livres et ses joujoux étoient toujours à leur place, et il conservoit précieusement tout ce que ses parens lui donnoient. Ernestine faisoit tout le contraire. Ses habits étoient toujours sales ou déchirés ; ses joujoux et ses livres étoient pêle-mêle, çà et là dans toute la maison, et, lorsqu'il lui falloit étudier, elle étoit obligée de les chercher par-tout, quelquefois sans pouvoir les trouver.

» Charles, disait quelquefois le
» père, en embrassant son fils, si
» tu continues, tu t'en trouveras
» bien, et je te prédis que tu seras
» un homme riche et estimé ».

» Ernestine, disait souvent la
» mère affligée, ta négligence te
» perdra; si tu ne te corriges, tu
» tomberas dans la misère »!

Charles apprend le commerce. Il ne dément point, dans cette nouvelle carrière, les idées qu'il avoit données de lui dans la première enfance; il a de la prudence, de la réflexion, de l'ordre. Souvent même il se donne l'air du ridicule vis-à-vis de ceux qui ne lui ressemblent pas.

Trouve-t-il un morceau de papier, de ruban ou de ficelle, jetté comme inutile? Il le ramasse et le conserve pour s'en servir dans l'occasion. Son linge est toujours blanc, et ses habits d'une propreté qui annonce l'ordre et l'économie.

Son maître ne tarde pas à reconnoître toutes ses bonnes qualités; Charles lui devient tous les jours plus cher, et tous les jours il lui donne de nouvelles preuves de sa confiance. Quand il le voit plus instruit, il imagine de lui confier une petite somme avec laquelle il l'engage à faire une spéculation de commerce particulière. Cet essai réussit, et dès-lors le maître songe à l'exécution d'un projet dont l'idée etoit depuis long-tems chère à son cœur.

Il avoit une fille unique, à l'éducation de laquelle il avoit donné tous ses soins, et qui devoit un jour rassembler toute sa fortune.

Charles avoit alors vingt-six ans; il le fait venir dans son cabinet. Le jeune homme ignore ce qu'il veut lui dire. Quel est son étonnement lorsqu'il se voit embrasser et qu'il entend :

« Mon cher Charles, votre con-
» duite est digne de mon estime et
» de mon attachement. Je suis vieux,
» je n'ai qu'une fille et je suis riche.
» Je veux, avant de mourir, avoir
» la satisfaction de donner ma fille
» à un homme comme vous. Si elle

» vous plaît, si vous croyez être heureux avec elle, je vous donne sa main et toute ma fortune ».

La surprise et la joie empêchent le jeune homme de répondre. Il se précipite sur la main du bon vieillard et la baigne de ses larmes.

Le mariage se fit bientôt après; Charles se vit en possession d'une femme aimable et d'une grande fortune. Il vécut très-heureux, et fut en état de secourir une multitude de malheureux.

Telle fut, mes enfans, la suite de l'ordre et de l'économie auxquels il s'était habitué dès l'enfance.

Que le sort de sa sœur Ernestine fut différent!

Les défauts de son enfance ne la

quittèrent jamais. Elle perdit ses parens, à l'âge de seize ans, et, au bout de huit jours, elle n'avoit presque plus rien du petit héritage qu'ils lui avoient laissé. Un jour, en marchant dans sa chambre avec une lumière, elle laissa tomber une étincelle, elle n'y fit aucune attention, et une heure après, toute la maison étoit en flammes. A peine put-elle échapper elle-même à l'incendie, on l'en retira par la fenêtre : mais la maison, les meubles, les habits, tout fut la proie des flammes.

Le lendemain, des personnes charitables et compâtissantes lui envoyèrent des habits, pour la mettre en état de paroître décemment ; mais elle les salit et les déchira si vîte que personne ne se soucia plus de lui en donner.

Enfin, une Dame riche, instruite de ses malheurs, la prit chez elle, et lui promit de récompenser ses soins, si elle vouloit veiller à l'économie de sa maison. Mais combien peu Ernestine étoit propre à cet emploi! Tout ce qui lui étoit confié se trouvoit mal-propre, déchiré, brisé ou perdu. Les Domestiques sur lesquels elle devoit avoir l'œil, l'imitèrent bientôt; le plus grand désordre régna dans la maison; la Dame lui en fit d'abord des reproches avec douceur, mais elle se vit ensuite forcée d'y mettre de la dureté. Ernestine pleura, promit de se corriger, et ne se corrigea point. On finit par la renvoyer.

Abandonnée de tout le monde, elle fut à la merci de la compassion de quelques personnes qui ne la connoissoient point, mais qui ne tardèrent pas à s'appercevoir de ses défauts, et lui retirèrent leurs bienfaits. Elle n'avoit plus donc d'autre ressource que de demander l'aumône.

Un jour elle rencontra sur la route un homme à cheval, bien vêtu, et dont l'extérieur annonçoit la bonté et l'aisance. Elle l'aborde, lui expose sa misère, et lui demande un léger secours. L'étranger l'interroge, et ne tarde pas à découvrir en elle sa malheureuse sœur Ernestine. Il la conduit dans une petite ville voisine, la fait habiller, lui loue une petite maison, et lui promet de lui envoyer, tous les ans, de quoi vivre. Il tient sa parole, mais Ernestine n'en est pas plus heureuse. Dès qu'elle a reçu cent écus de son frère Charles, elle les dépense, et huit jours après elle est dans la misère.

Une expérience si longue et si soutenue ne pouvoit pas la corriger ; l'habitude étoit devenue chez elle une seconde nature.

Elle vécut encore six ans, toujours pauvre et malheureuse, quoique son frère lui envoyât régulièrement les secours qu'il lui avoit promis, et ces secours auroient pû suffire pour la faire vivre dans l'aisance.

Elle mourut enfin sur la paille, ayant été obligée de vendre son lit pour appaiser des créanciers, et le mépris des hommes l'accompagna jusqu'au tombeau.

Voyez, mes Enfans, quel est le sort de ceux qui ne s'habituent pas, dès leurs premières années, à l'ordre et à l'économie !

De l'allemand de M. CAMPE.

VII.

L'Enfant sensible, à un pauvre Vieillard.

« PRENDS, Vieillard respectable, et ne me remercie point : tu peux prendre ce que je te donne. Tes habits déchirés, la pâleur de ton visage, me disent assez que tu en as besoin. Je rougis de moi-même, lorsqu'osant élever mes yeux à demi vers ta personne vénérable, je compare ma vigueur et ma santé à ton air foible et défait, et lorsque je jette un regard sur le bâton qui soutient ta vieillesse ! »

« Tu as si peu, et ce que tu as,

est si peu de chose ! ô mon digne ami, regarde-moi encore un peu, je ne puis pas me séparer de toi. Que ton œil a versé de pleurs ! A combien de veilles la douleur t'a-t-elle condamné ! Ton front paroît s'obscurcir de jour en jour ; ta chevelure ne consiste plus qu'en quelques cheveux blancs qui ne suffisent pas pour ombrager ta tête, et ces cheveux tomberont à leur tour.

Ah ! pauvre homme, comme tes mains et tes pieds tremblent ! l'hyver s'approche, tu n'auras pas de fourrure pour te garantir de ses rigueurs, pas un lit où reposer ta tête ! Peut-être même, hélas ! désireras-tu quelquefois envain un peu de feu pour réchauffer ta main engourdie par le froid et par l'âge ; toi que ta figure céleste m'annonce avoir été digne de toutes les faveurs de la fortune ! »

« Ciel ! Quel sentiment j'éprouve ! Des pleurs mouillent mon visage ! D'où vient que je suis tremblant ? — Tiens, respectable Vieillard, prends encore ce fruit de mes épargnes, et ne te fâche pas si je te donne si peu.

Imité de l'allemand de M. OVERBECK.

VIII.

Dialogue entre deux petits Paysans.

HENRI ET JEAN.

HENRI.

ALLONS, Jean, réjouis-toi : pourquoi pleures-tu? Ton Père va arriver de la ville, il t'apportera des gâteaux et mille autres belles choses.

JEAN.

C'est bon pour ton Père : mais le mien ne m'apportera sûrement rien. Si nous avions seulement assez de pain pour nous rassasier, nous serions bien contens !

HENRI.

Qu'à cela ne tienne, mon cher Jean ! Viens chez nous, ma Mère te donnera du pain et de la viande tant que tu voudras.

JEAN.

Je n'ai pas envie de manger, quand je sais que les autres meurent de faim.

HENRI.

Mais ma Mère te donnera assez de pain et de viande, et tu pourras en donner aux autres.

JEAN.

Je n'ose rien apporter à la maison.

HENRI.

Et pourquoi donc, mon ami ?

JEAN.

Parce que mon Père diroit que je l'ai mendié, et il ne veut pas que je mendie.

HENRI.

Il n'y a pourtant pas de mal à demander ce qu'on n'a pas : le bon Dieu a seulement défendu de le voler. Tu sais bien que le Maître d'école l'a dit.

JEAN.

Mon Père nous le disoit aussi autrefois : mais depuis qu'il est allé à la ville, l'année passée, pour travailler au jardin d'un gros Monsieur bien riche, il parle autrement.

HENRI.

Et pourquoi donc ?

JEAN.

Tu sais bien, Henri, que ce Monsieur-là qui a un jardin, est riche, riche, encore plus riche que Pierre Hardouin notre Collecteur. Hé bien! lorsqu'on venoit pour demander quelque chose chez lui, ses domestiques renvoyoient honteusement celui qui demandoit : il avoit beau mourir de faim, et ne pas vouloir s'en aller, on le prenoit par le bras, et on le mettoit dehors. Pendant ce tems-là le gros chien de ce Monsieur, mangeoit les restes du dîner, et il y auroit bien eu là de quoi rassasier plusieurs personnes. Il est venu, com'ça, une fois un bon vieux homme qui avoit bien faim; il a vu un morceau de rôti qui étoit là, il l'a pris. Ne voilà-t-il pas que le chien s'en est apperçu, il a sauté sur lui et l'a mordu à la jambe. Croirois-tu bien que ce gros Monsieur qui l'a vu par la fenêtre, en a ri tant qu'il a pu? Et il sait pourtant bien ce qu'il fait ce Monsieur, car il est bien riche, comme je t'ai dit. Depuis ce tems-là mon Père dit que, quand on est pauvre et qu'on le laisse remarquer, on est traité par les riches plus mal que des chiens.

HENRI.

Oh! le vilain homme que ce Monsieur! Oh! mais, Jean, nous ne sommes pas comm'ça! Mon Père est aussi allé à la ville, il nous a raconté comme les gens riches y vivent. Ils ont sur leur table une quantité de grands plats les uns à côté des autres : il y auroit de quoi nourrir une maison entière de pauvres gens avec ce qui est servi pour trois ou quatre. Quelquefois ils n'ont pas faim, et les plats s'en vont, sans qu'ils y aient touché : mais ils croient qu'ils ne pourraient pas vivre autrement. Tu sais bien, mon pauvre Jean, que nous ne sommes pas si bêtes, nous. Si nous avons plus à manger qu'il ne nous faut, c'estpour en donner aux autres. Viens chez nous, te dis-je, ma Mère te donnera un bon gros morceau de lard et un pain, et je t'aiderai à les emporter. Mon Père nous répète sans cesse que le bon Dieu a mis exprès

de pauvres gens dans le monde, pour voir si les riches les aimeroient et les traiteroient bien. Aussi est-il toujours joyeux, quand il peut faire du bien, et nous nous en appercevons le soir. « O mon Dieu ! dit-il, dans la prière que nous faisons tous ensemble, « je vous remercie de
» tout mon cœur, de ce que vous
» avez bien voulu accepter aujour-
» d'hui quelque chose de moi, car
» vous nous avez dit dans votre Saint
» Evangile, que ce que nous fai-
» sions à un Pauvre étoit fait à
» vous-même. » Viens, mon cher Jean, viens chez nous, je t'en prie, afin que mon Père puisse encore remercier le bon Dieu ce soir.

JEAN.

Je n'ose pas, mon cher Henri, je ne veux pas chagriner mon Père. D'ailleurs il est malade, et depuis deux jours il n'a fait que pleurer avec ma Mère. Il pleuroit encore quand il est parti ce matin. Si tu savois comme mon Père et ma Mère nous aiment ! Je les vois quelquefois qui nous regardent les uns après les autres, mes frères, mes sœurs et moi, et ensuite des larmes coulent de leurs yeux. J'imagine que c'est parce qu'ils pensent qu'ils ne peuvent pas nous nourrir et nous habiller, comme ils voudroient.

HENRI.

Ecoute, Jean, j'ai une idée. Ton

Père sera sûrement de retour : je vais aller le trouver avec toi, et le prier de m'accompagner. Ensuite je dirai à mon Père de le mener à Berk, à six lieues d'ici. Il y a là un Monsieur que mon Père connoît, et qui aime mon Père : ce Monsieur a un beau jardin ; ton Père est bon Jardinier, et peut-être pourrons-nous réussir à avoir cette place. Alors vous n'aurez plus besoin de demander, et vous serez tous heureux.

JEAN.

Que je te remercie de ta bonne idée, mon cher Henri ! Viens, viens vîte : Dieu veuille que nous soyons assez heureux pour réussir.

Imité de l'allemand d'E. H.

IX.

LES DEUX OUVRIERS,

Fable.

On bâtissoit une maison : un Ouvrier étoit employé à porter des pierres pour la construction de ce bâtiment. Parmi celles qu'il devoit porter, pour remplir la tâche qui lui avoit été imposée, il s'en trouvoit une d'une grosseur extraordinaire. A chaque fois que l'Ouvrier approchoit de cette pierre, il la regardoit sans avoir le courage d'entreprendre de la transporter, et il se débarassoit toujours des plus petites. Mais, pendant le cours de son travail, il était toujours tourmenté par l'idée de l'obligation où il étoit de transporter cette grosse pierre. Enfin il voulut l'entreprendre; mais comme il s'étoit fatigué en transportant un grand nombre de petites pierres, les forces lui manquèrent absolument pour emporter celle-là. Il la laissa donc, et perdit ainsi une partie de son salaire, parce que le transport de cette pierre avoit été compté dans la tâche qu'on lui avoit donnée.

Un de ses camarades avoit eu une tâche pareille: mais il s'étoit d'abord débarassé des plus grosses pierres, en commençant par la plus considérable de toutes. Cela le fatiguoit un peu à la vérité; mais il étoit encouragé et réjoui, par l'idée qu'incessamment il arriverait aux petites pierres qui ne lui coûteraient plus de peine. En effet, tout alla à merveille, et sa tâche fut entièrement remplie, parcequ'il avait commencé par le plus difficile.

Mes Enfans, auquel de ces deux Ouvriers voudriez-vous ressembler.

Imité de l'allemand de M. MORITZ.

X.

LE CRÉANCIER GÉNÉREUX.

Quelques Paysans du canton de Zurich, devoient des sommes considérables à un homme riche de leur voisinage, et ils lui en payoient annuellement les intérêts.

La disette se fit sentir dans une année malheureuse, et les pauvres Paysans ne savoient plus comment faire, pour payer à leur Créancier ce qu'ils avoient coutume de lui payer tous les ans.

Le jour du payement arriva cependant, et le Créancier fit venir chez lui tous ses débiteurs.

Ils arrivèrent, plongés dans la tristesse, imaginant bien qu'on alloit leur demander ce qu'il leur étoit impossible de payer.

A la vérité, ils furent reçus amicalement par leur Créancier, qui les pria de se mettre à table avec lui, et d'accepter le dîner qu'il leur avoit fait préparer : ils s'y mirent, mais ils n'avoient pas le courage de boire et de manger, en pensant à la triste position où ils étoient.

Leur hôte remarqua bientôt leur embarras : « Je vois bien, mes en-
» fans, leur dit-il, ce qui peut vous
» chagriner, et ce qui vous ôte l'ap-
» pétit; mais j'ai un remède qui
» vous le rendra sûrement.

En même-tems il donne à chacun

d'eux la quittance des intérêts qu'ils doivent lui payer. Les débiteurs attendris aux larmes, ne savent comment remercier leur bienfaiteur; celui-ci se refuse à toutes les démonstrations de leur sensibilité, et ne leur demande, pour toute reconnoissance, que de bien boire, bien manger, et se réjouir avec lui.

Souvent la manière de faire un bienfait, est au-dessus du bienfait lui-même.

Extrait des papiers publics.

XI.

Qu'est-ce qu'une qualité ou une propriété ?

DIALOGUE ENTRE UN PÈRE ET SON FILS.

L'ENFANT.

Mon Papa, j'entends si souvent parler de qualités et de propriétés, que je voudrois bien comprendre ces mots-là.

LE PERE.

Rien de plus aisé, mon Enfant. En t'expliquant dernièrement ce qu'on entend par *caractère* ou *signe caractéristique*, je t'ai dit qu'il falloit toujours faire quelque remarque, à l'occasion des choses que l'on voyoit, que l'on entendoit, que l'on touchoit, etc. afin de pouvoir toujours les distinguer. Ne te le rappelles-tu pas ?

L'ENFANT.

Oui, oui, mon Papa, je me rappelle très-bien ce que vous m'avez dit alors.

LE PERE.

Eh bien! mon ami, quand tu as fait une remarque sur quelque chose que tu veux connoître, il faut bien faire attention à ce que tu as observé, et savoir si ce signe se trouve toujours uni à la chose que tu observes, ou s'il ne s'y rencontre que quelquefois. Si ce signe caractéristique est toujours uni à cette chose, il est la qualité

ou

ou propriété de cette chose, et conséquemment un signe caractéristique certain. Si au contraire ce signe ne se rencontre pas toujours dans cette chose, alors il n'entre plus dans son caractère, ce n'est plus une qualité ou une propriété de cette chose. Je vais t'en donner un exemple.

Voici deux corps (tu sais bien que ce sont des corps, parce que tu peux les voir et les toucher) : celui-ci est un morceau de cuir ; cet autre un morceau de bois. Tu les distingueras bien, n'est-ce pas ? Tu ne confonderas pas le bois avec le cuir ? Voyons, quel est le cuir, et quel est le bois ?

L'ENFANT.

Voilà le cuir et voici le bois.

LE PERE.

Comment sais-tu cela?

L'ENFANT.

Parce que vous me l'avez dit.

LE PERE.

Cette réponse ne vaut rien. Lorsque tu trouveras ailleurs du cuir et du bois, il faudra donc qu'il y ait quelqu'un à côté de toi, pour te dire quel est le cuir et quel est le bois? Il faut, mon ami, que tu observes toi-même, dans chacun de ces corps, quelque chose qui puisse te les faire distinguer dans l'occasion. L'extérieur du cuir ressemble-t-il à celui du bois, et celui du bois à celui du cuir?

L'ENFANT.

Non certainement; le cuir est brun, et le bois est blanc.

LE PERE.

Ainsi tu fais de la couleur un signe caractéristique, pour t'aider à distinguer ces deux corps. Mais trouveras-tu toujours cette même couleur brune au cuir, et cette même couleur blanche au bois? ou, ce qui revient au même, si tu ne comprends pas cela, tout le cuir est-il brun, et tout le bois est-il blanc ?

L'ENFANT.

Non.

LE PERE.

Cette couleur ne peut donc pas te servir à distinguer le cuir? La couleur brune n'est donc pas une propriété du cuir, et la couleur blanche une propriété du bois, puisqu'elles ne se rencontrent pas toujours dans ces corps. Tiens, je vais t'en montrer deux autres morceaux. Tous les deux sont blancs, comme tu vois. Tu ne pourrois donc pas savoir quel est le bois et quel est le cuir. Mais prends-les dans ta main, peut-être feras-tu quelque autre observation. Hé bien! qu'est-ce que tu éprouves?

L'ENFANT.

Le bois est dur et le cuir est mou.

LE PERE.

Voilà qui va déja mieux; mais je veux te faire une autre observa-

tion. Je puis plier le cuir et ne puis pas plier le bois. Tu éprouveras la même chose dans presque toutes les espèces de cuir, et dans presque toutes les espèces de bois. Ainsi une propriété de presque tous les cuirs, est d'être flexible, de quelque couleur qu'ils soient, et une propriété de presque tous les bois, est de ne l'être pas.

Un autre exemple : vois ton frère ; il est pâle, mais est-il toujours pâle?

L'ENFANT.

Non.

LE PERE.

Ainsi cette pâleur ne sauroit être regardée comme une de ses qualités ou propriétés, puisqu'il ne l'a pas toujours. Tu ne peux donc pas l'employer comme un signe caractéristique de ton frère. Mais comment sont ses cheveux ?

L'ENFANT.

Noirs.

LE PERE.

Ses cheveux sont-ils toujours noirs ?

L'ENFANT.

Oui, mon papa.

LE PERE.

Ainsi cette couleur est une propriété ou qualité de ses cheveux c'est un signe caractéristique au moyen duquel tu peux le distinguer, du moins de ceux qui sont dans notre maison, puisqu'il est

le seul qui ait des cheveux noirs.

De plus, ton frère est gai, et il l'est en tout tems : conséquemment la gaîté est une qualité ou propriété de ton frere.

C'est ainsi que chaque chose a ses propriétés ou qualités. L'homme en a de deux sortes ; celles du corps et celles de l'ame. Par les qualités de son corps, il est beau ou laid, gros ou mince, fort ou foible, etc. Par celles de son ame, il est spirituel ou sot, laborieux ou paresseux, compâtissant ou insensible, etc.

Imité du livre allemand, qui a pour titre : Première nourriture de l'esprit, etc.

XII.

Qu'est-ce que ressemblance et différence ?

DIALOGUE ENTRE UN PERE ET SON FILS.

L'ENFANT.

MON cher Papa, permettez-vous que je vous fasse encore une question.

LE PERE.

Demande-moi tout ce que tu voudras, mon enfant ; j'aime à voir en toi le désir de t'instruire.

L'ENFANT.

Qu'entend-on par une *différence*?

LE PERE.

Sais-tu ce que c'est qu'une *res-semblance* ?

L'ENFANT.

Non, mon Papa; je ne le sais pas non plus.

LE PERE.

Mais tu sais bien ce que c'est qu'une propriété ou qualité : n'est-ce pas ?

L'ENFANT.

Très-bien, mon Papa : c'est ce que vous m'avez expliqué hier.

LE PERE.

Hé bien ! lorsque deux choses ont les mêmes propriétés ou qualités, elles sont ressemblantes ;

lorsque leurs propriétés ne sont pas les mêmes, elles sont différentes. Tu vois, par exemple, six chaises dans cette chambre: mettons-les les unes à côté des autres. Dis-moi maintenant si tu trouves qu'elles se ressemblent, ou qu'elles diffèrent?

L'ENFANT.

Il me paroît que l'une est comme l'autre.

LE PERE.

Je le crois aussi : mais examinons. Le bois de celle-ci est brun celui de toutes les autres l'est aussi Elle est revêtue de velours cramoisi, toutes les autres aussi. Elles sont toutes égales en hauteur et en gran deur ; elles ont toutes les mêmes qualités. Dis-moi maintenant si elles sont ressemblantes ou différentes.

L'ENFANT.

Elles ont de la ressemblance.

LE PERE.

Certainement. Mais prenons une chaise du jardin, et comparons-là à l'une de celle-ci. Se ressemblent-elles ?

L'ENFANT.

Point du tout.

LE PERE.

Pourquoi pas ?

L'ENFANT.

L'une est garnie de crin, et couverte de velours, et l'autre ne l'est pas.

LE PERE.

Bon, bon : voilà donc une différence entre les deux. Allons plus loin. Voici deux tables : trouves-tu de la ressemblance ou de la différence entre elles.

L'ENFANT.

Oh ! mon Papa, j'y trouve une grande différence.

LE PERE.

Quelle est-elle ?

L'ENFANT.

Celle-ci est ronde, et celle-là est quarrée.

LE PERE.

Très-bien : la différence entre ces deux tables est donc dans la forme.

Mai

Mais elles ont aussi de la ressemblance : leur hauteur est la même ; l'une a quatre pieds, et l'autre aussi ; elles sont toutes les deux faites du même bois Ainsi il y a de la ressemblance dans leur hauteur, leur base et leur matière (tu sais bien qu'on appelle matière d'une chose, le corps naturel avec laquelle on l'a faite. Ainsi la matière de ces tables est le bois dont elles sont faites). La différence existe entre la forme du dessus de ces tables.

Il en est de même de beaucoup d'autres choses qui diffèrent en quelques points, et se ressemblent en d'autres. Voici, par exemple, deux pièces de monnoie : sont-elles ressemblantes ou différentes ?

L'ENFANT.

Elles sont différentes.

LE PERE.

Je croyois pourtant qu'elles étoient ressemblantes. Elles sont de la même grandeur ; celle-ci est ronde, l'autre aussi . . . . .

L'ENFANT.

Oui, mon Papa : mais celle-ci est jaune et l'autre est blanche.

LE PERE.

Tu as raison, mon Enfant : ces deux pièces de monnoie diffèrent donc par la couleur, ou plutôt par le métal dont elles sont faites. J'imagine que tu connois ce métal jaune ?

L'ENFANT.

C'est de l'or, et l'autre de l'argent.

LE PERE.

Ainsi il y a de la ressemblance entre la forme et la grandeur de ces deux pièces : mais leur couleur.....

L'ENFANT.

Est non ressemblante.

LE PERE.

C'est-à-dire différente.

Imité du livre allemand, intitulé : Première nourriture, etc.

XIII.

L'EMPLOI DE L'ARGENT.

Un homme aisé, sans être trop riche, avoit cinq enfans. Il donna un jour un peu d'argent à chacun. Deux d'entr'eux employèrent cet argent à acheter des fruits, du sucre, des raisins, des gâteaux et autres friandises, et il s'en bourrèrent tellement qu'ils en eurent une forte indigestion, et tombèrent malades. Deux autres gardèrent leur argent et s'amusèrent à le compter tout le jour. Le cinquième en acheta un livre, une gravure, des plumes, de l'encre, du papier et un crayon;

et comme il lui restoit encore quelque chose, il en donna une partie aux pauvres, et une autre à ses camarades qui n'avoient point d'argent.

Le père voyoit de tems en tems quel emploi ses enfans faisoient de leur argent. Les trouvant un jour rassemblés, il leur dit : « Mes en-
» fans, vous n'avez pas tous éga-
» lement bien employé l'argent que
» je vous ai donné. Deux de vous
» n'ont pas goûté bien long-tems
» le plaisir d'avoir et de dépenser;
» ils ont acheté toutes sortes de
» friandises, ont tout mangé, ont
» été malades, et n'ont eu d'autre
» profit que des douleurs dont ils
» se ressentent encore. Deux autres

» n'ont fait aucun emploi de leur » argent, ni pour leur utilité, ni » pour leur plaisir. Je vous avois » donné de l'argent, mes enfans, » pour que vous en fîssiez usage, » et vous vous êtes amusés à le re- » garder et à le compter. Auriez- » vous du penchant à l'avarice ? » C'est un vice affreux, et qui » est presque plus fâcheux que la » prodigalité. Un avare n'est utile » à personne, et un prodigue peut » ne nuire qu'à lui-même. Quant à » toi, mon fils, qui as su employer » ton argent pour ton bien, et celui » de ton prochain, tu t'es procuré » des plaisirs durables. L'argent » n'est utile que lorsqu'il est em- » ployé ; il n'a aucun prix, aucune

» valeur par lui même. Rappellez-
» vous donc bien, mes enfans, qu'il
» faut employer son argent sans
» avarice et sans prodigalité, pour
» son bien propre et celui de son
» prochain ».

Extrait et imité d'un livre Russe et Allemand, qui a pour titre : Bibliothèque des Grands-Ducs Aléxandre et Constantin. Par S. M. I. A. D. T. L. R.

XIV.

L'ORAGE.

Le petit Frédéric avoit peur du tonnerre. Il se trouvoit un jour avec son père, et voyoit un orage, qui se formoit. « Pourvu qu'il ne tonne pas », dit-il en voyant des nuages sombres et épais. Et pourquoi cela? lui demanda son père.

FRÉDÉRIC.

» O mon cher papa, c'est que j'ai bien peur ».

LE PERE.

» Pourrois-tu me dire de quoi tu as si peur » ?

FRÉDÊRIC.

» Eh ! qui n'auroit pas peur, en entendant un bruit comme celui-là ? C'est un fracas, un roulement (*il cherche à imiter le bruit du tonnerre*), on diroit que dix voitures roulent sur le toit de la maison, et vont vous écraser ».

LE PERE.

« Voilà justement ce que tu dois le moins craindre, mon enfant; quand l'éclair n'a point fait de mal, le tonnerre n'en fait sûrement point».

Ici le père de Frédéric essaya de lui expliquer ce qu'il lui disoit, et quoique Frédéric ne comprit pas parfaitement son père, il le crut cependant, parce qu'il s'étoit accoutumé à ne pas douter de ce que lui disoient des personnes respectables et plus expérimentées que lui.

FREDERIC.

« Cependant, dit-il à son père, il y a une quinzaine de jours que deux hommes ont été écrasés par le tonnerre dans la campagne voisine » ?

LE PERE.

« Cela est vrai, mon enfant ; un éclair peut quelquefois enflammer ou tuer, quand il frappe dans sa direction une maison ou un homme : mais ce n'est pas une raison de craindre, parce que cela est fort rare. Quand on veut prendre quelques précautions pour sa sûreté, on évite, pendant l'orage, un trop grand échauffement, les lieux remplis de vapeurs, et le voisinage des métaux. On peut même placer sur sa maison des paratonnerres pour la garantir de la foudre. Tu ne sais sûrement pas, mon ami, ce que c'est qu'un paratonnerre : mais tu es trop peu instruit pour que je puisse te l'expliquer complettement. D'abord, le mot lui-même t'indique l'usage auquel la chose est destinée. Tu sais qu'on appelle *parapluie* et *parasol*, un instrument propre à parer ou garantir de la pluie et de l'ardeur du soleil : un paratonnerre est un instrument bien simple, destiné à garantir une maison des effets de la foudre. C'est une verge de métal, assez élevée, et se terminant en pointe, que l'on place au faîte d'une maison, et que l'on fait communiquer par un gros fil d'archal ou une chaîne dans l'intérieur de la terre. Cette pointe soutire la matière de l'orage répandue autour d'elle, et empêche qu'elle ne fasse une explosion ».

« Pour te faire un peu mieux entendre ce que je dis, je vais faire une comparaison qui n'est pas bien juste, mais qui pourra contribuer à éclaircir tes idées. Si tu avois au-dessus de toi un réservoir d'eau qui pût, dans un moment d'agitation comme l'orage, s'ouvrir tout-à-coup, et tomber à la fois sur toi; et si, pour te garantir de cet accident, on t'apprenoit la manière de soutirer cette eau peu à peu par une petite rigole ou tuyau qui la conduiroit dans l'intérieur de la terre, tu employerois sûrement ce moyen, et tu serois bien tranquille. Hé bien! mon enfant, un paratonnerre fait, pour la matière de la foudre dont il est entouré pendant l'orage, ce que ce tuyau feroit pour l'eau du réservoir suspendu au-dessus de ta tête ».

« Il faut que je te dise, puisque j'en aî l'occasion, que l'invention des paratonnerres, est due à M. *Franklin*, l'un des plus célèbres Physiciens de ce siècle. Ce grand homme, auquel sa patrie et les sciences ont beaucoup d'autres obligations, est né dans les Etats-unis de l'Amérique septentrionale, que je te montrois l'autre jour sur la carte ».

FREDERIC.

» Mais, mon Papa est-il vrai que, lorsqu'il tonne, le bon Dieu est en colère » ?

LE PERE.

« Au contraire, mon cher Enfant : l'orage est une nouvelle preuve de sa bonté. Le tonnerre et les éclairs purifient l'air de toutes les vapeurs mal-saines qui pourroient causer des maladies : le tonnerre, en ébranlant la terre, rend sa surface plus meuble et plus propre à être pénétrée promptement par la pluie qui la fertilise. Quel bien ne font pas ces pluies d'orage à la terre, aux fruits, aux fleurs et aux herbes ! Comme elles sont bienfaisantes pour l'homme et les animaux ! n'as-tu pas remarqué aujourdhui comme toutes les fleurs de notre jardin baissoient la tête » ?

FREDERIC.

« Oui, mon Papa ».

LE PERE.

« N'as-tu pas entendu ce que notre vieux Guillaume me disoit » ?

FREDERIC.

» Il vous a dit que les grains étoient presque brûlés, parce que la terre étoit trop ferme et trop sèche ».

LE PERE.

« Et tu sais bien qu'hier, en traversant la prairie, nous avons vu ces pauvres vaches languissantes, et que la chaleur empêchoit de manger ».

FREDERIC.

« Oui, mon papa ; vous rappelez-vous aussi comme tous nos petits poulains s'étoient rassemblés sous les arbres pour trouver de l'ombre, et ne se soucioient ni de boire, ni de manger » ?

LE PERE.

« Et mon pauvre Frédéric lui-même? Ah! mon Papa, qu'il fait chaud ! me disois tu. Je me meurs, je n'en puis plus ! N'est-ce pas là ce que tu me dis depuis quelques jours ».

FREDERIC.

« Cela est vrai : mais aussi il fait bien chaud » !

LE PERE.

» Fort bien, mon fils : tu dois donc désirer l'orage, au lieu de le craindre. Attends, je crois qu'il ne tardera pas, et tu verras alors combien Dieu est bon lorsqu'il nous envoie du tonnerre et des éclairs ».

L'orage commença en effet avec beaucoup de force, mais ne dura pas long tems, et aussi-tôt que la pluie fut passée, Frédéric sortit avec son Père. A peine étoient-ils hors de la porte, que l'Enfant s'écria : « Ah ! mon Papa, qu'il fait beau ! comme l'air est délicieux » !

LE PERE

» Je t'avois bien dit qu'il seroit bien plus agréable et bien plus frais !

Mais attends encore, viens avec moi dans le jardin, et nous verrons ce que tu me diras ».

A peine furent-ils entrés dans le jardin, que Frédéric ne se lassa point de dire : « Ah ! mon Dieu, comme il fait bon ici ! comme tout est frais ! quelle délicieuse odeur ! Voyez, mon Papa, comme ces œillets se sont developpés tout d'un coup ! comme les oiseaux chantent ! Ah ! je commence à voir qu'il faut remercier Dieu quand il fait tonner ».

LE PERE.

« Tu le vois bien mon cher Fréderic. Crois-tu à présent que le Père des hommes soit en colère quand il nous envoie un orage »?

FREDERIC (*d'un air honteux*).

« Non sûrement ».

LE PERE.

« Et quand tu vois que toutes les plantes du jardin sont rafraichies; quand tu verras les jeunes poulains qui ont repris leur gaîté, les vaches et les autres animaux qui semblent avoir repris une nouvelle vie; quand tu observes que tu es toi-même plus léger, plus gai, mieux portant, ne dois tu pas mille et mille actions de graces à celui qui a fait tonner »?

FREDERIC.

» Oui, mon Papa: si j'étois assez ingrat pour ne pas l'en remercier, les oiseaux me reprocheroient mon ingratitude par leurs concerts charmans, qu'ils lui adressent sans doute ».

Le Père et le fils allèrent ensuite du jardin dans la campagne, et Frédéric fut témoin de tout ce que son Père lui avoit annoncé. Les bleds avoient repris leur fraîcheur et s'étoient relevés : les vaches et les chevaux paissoient avec avidité l'herbe devenue plus verte et plus appétissante ; les jeunes poulains sautoient dans la prairie ; Frédéric lui-même alloit et venoit, et témoignoit sa joie à son Père :

» Que je vous ai d'obligations, lui disoit-il ! Je n'aurai plus peur de l'orage, et je dirai bien à ceux qui oseront m'assurer que le bon Dieu est en colère, quand il tonne, qu'il n'en est rien, et qu'un orage est au contraire un de ses bienfaits les plus précieux ».

Imité de l'allemand de M. Wehnert.

XV.

BERVILLE.

Anecdote.

Berville, âgé de dix-sept ans, rencontra dans une de ses promenades un homme couvert des haillons de la misère. L'indigence et les malheurs avoient altéré, dans cet infortuné, les traits d'un ancien domestique qui l'avoit autrefois servi chez ses parens. Il le reconnut avec peine, et s'en approcha avec la pitié la plus vive, et le plus puissant intérêt. Après l'avoir interrogé sur les causes de son infortune, à laquelle il remarqua que les vices ni la paresse n'avoient aucune part, il lui assigna un rendez-vous secret pour le matin.

Il lui donne pour premier secours tout l'argent qu'il possédoit alors, et la portion de pain destinée à son dejeûner, avec ordre de revenir l'après-dîner à son goûter. Il le charge de se loger dans une maison honnête, et de lui faire connoître l'hôtesse chez laquelle il auroit choisi son gîte. Il s'excuse sur la modicité des secours qu'il lui donne alors, et l'exhorte à espérer du tems et de sa bonne conduite, des jours plus calmes et plus heureux.

L'hôtesse choisie et présentée au jeune homme a reçu pendant huit mois le prix de ses loyers : elle a éclairé les démarches de l'indigent, et a rendu témoignage de sa conduite.

L'infortuné a vécu, pendant ce tems, de la portion de pain destinée au déjeûner et au goûter du jeune homme : mais comme elle n'auroit pas suffi, il y a ajouté chaque semaine la modique somme d'argent que ses parens lui donnoient pour les plaisirs et les besoins de son âge. Cependant il retranchoit méthodiquement quelque chose pour mettre en masse, afin d'habiller cet honnête malheureux. Quand il a été assez riche, il a employé l'industrie d'un tiers pour acheter à la friperie un habit qui mit son protégé en état de se pré-

senter

senter sans humiliation, pour solliciter quelque emploi.

Cependant l'impatient jeune homme s'agitoit et s'intriguoit pour lui trouver une place où il put, en travaillant, se procurer une vie plus douce et plus aisée. Enfin, il a eu le bonheur de prévenir le vœu de cet indigent, qui, pour dernière ressource, vouloit s'engager. Il l'a fait entrer comme domestique dans une maison où sa mère avoit quelques liaisons.

Cette mère, dînant un jour chez son amie, a reconnu ce laquais autrefois à ses gages. La curiosité l'a portée à lui demander l'histoire de sa vie, depuis qu'il avoit quitté son service. Le domestique la lui a racontée fidèlement, et a fini, comme il est aisé de se l'imaginer, par le récit détaillé de la généreuse sensibilité de son fils.

Jusques-là un profond secret avoit été gardé de la part du jeune bienfaiteur, qui avoit même trompé sur cet article la vigilance de celui auquel le soin de son éducation étoit particulièrement confié.

XVI.

L'ENFANT COMPATISSANT.

Anecdote.

On aime à se rappeller les traits qui font honneur à l'humanité, surtout lorsqu'on les doit à des enfans. L'innocence et la candeur de leur âge ajoutent un prix inestimable à leurs belles actions, et y jettent une sorte d'intérêt dont il est impossible de se défendre. Nous regrettons beaucoup qu'il nous soit interdit de nommer l'auteur de celle que nous allons raconter, et le maître respectable à qui le soin de cet enfant précieux étoit confié.

Dans une pension célèbre, se trouvoit un enfant qui se faisoit généralement aimer par sa douceur et son bon caractère. Un jour qu'il étoit à la promenade avec tous ses camarades, il rencontra un pauvre dont un coup de vent venoit d'emporter le chapeau dans la rivière. Ce pauvre étoit fort affligé, et pour la perte en elle-même, et parce qu'il craignoit que l'impression de l'air qui étoit fort froid, ne fît renaître les accidens d'une maladie à la quelle il avoit échappé avec peine. Il demandoit instamment qu'on lui donnât de quoi réparer la perte qu'il venoit de faire. Le jeune pensionnaire, touché par sa prière, et par la pâleur de son visage, laissa un peu avancer ses camarades, et lorsqu'il se vit seul avec le pauvre : « Tenez, lui dit-» il, je n'ai point d'argent, mais » voilà mon chapeau, je souhaite » qu'il vous aille bien ». A ces mots, il le quitte et va rejoindre les Pensionnaires.

Le Maître de pension n'avoit pas été témoin de ce trait, et ce ne fut qu'au retour de la promenade que, s'étant apperçu que l'enfant n'avoit pas son chapeau, il lui demanda ce qu'il en avoit fait. L'enfant rougit d'abord, et garda le silence; mais comme le Maître de pension le prit à part et le pressa

vivement de s'expliquer : « Hé bien!
» dit-il, puisqu'il faut l'avouer, je
» l'ai donné à un pauvre. Que vou-
» lez-vous ? Je n'ai pu résister à
» la compassion qu'il a excitée en
» moi : il étoit malade, il avoit
» besoin d'un chapeau, et il n'a-
» voit pas le moyen de se le pro-
» curer, au lieu que j'étois asssuré
» qu'en arrivant ici, j'en aurois un
» semblable à celui que je lui ai
» donné ; car je vais employer à
» l'acheter l'argent que mon Père
» m'avoit donné pour mes menus-
» plaisirs ».

Cet heureux Père fut bientôt instruit de cet acte de bienfaisance, et il fut si charmé que son fils eût fait un aussi bon usage de son argent, que, pour lui en témoigner sa satisfaction, il doubla depuis la petite pension qu'il lui faisoit pour ses menus-plaisirs.

XVII.

DE LA POLITESSE (*).

La politesse est l'attention continuelle à complaire à tout le monde, et à n'offenser personne. Un homme qui posséderoit toutes les vertus sociales, auroit nécessairement la politesse au souverain degré. Les fades

(*) Ce morceau de morale est particulièrement destiné aux jeunes personnes de douze ou quatorze ans, entre les mains desquels notre recueil pourra se trouver. Les parens et les instituteurs pourront le lire et le commenter aux enfans moins âgés, qui ne seroient point en état de l'entendre.

complimens, les basses complaisances, des mots, du jargon et des révérences font l'adulateur rampant, et non l'homme poli. Cette politesse-là n'est que l'imitation de la véritable.

La politesse se divise en trois branches : la civilité, la complaisance et les égards.

La civilité est un cérémonial de convention, établi parmi les hommes, dans la vue de se donner les uns aux autres des démonstrations extérieures d'amitié, d'estime et de considération. Ce cérémonial est différent chez les différens peuples policés : mais tous en ont un, quel qu'il soit.

La civilité est, par rapport aux

hommes, ce qu'est le culte extérieur par rapport à Dieu, un témoignage public de nos sentimens intérieurs.

La meilleure manière et la moins suspecte de témoigner aux hommes de l'amitié, de l'estime et de la considération, ce seroit de les servir, ou de leur rendre de bons offices; mais l'occasion de faire l'un ou l'autre ne se présente pas à chaque instant. Il a donc fallu convenir de certains signes, de certaines démonstrations, par lesquels on pût leur témoigner habituellement qu'on les aime, qu'on les estime, et qu'on les honore. Chaque nation a choisi les plus conformes à ses idées et à ses goûts, parce que la manière d'aborder les personnes de différens états, de les saluer, de leur faire honneur, les termes dont on doit user en leur portant la parole, le style auquel il faut s'assujettir, etc. sont des formalités arbitraires dans l'origine, qui n'ont pu être fixées que par l'usage.

En vain les rustres déclament-ils contre la civilité; car, puisqu'on doit avoir, pour ses semblables, de l'amitié, de la bienveillance et de la considération, pourquoi faire mystère de sentimens si justes et si indispensables?

Il est vrai qu'il y a plus d'hommes civils qu'il n'y en a qui soient fidèles aux devoirs de la société: mais leur civilité même, quoique fausse, est un témoignage qu'ils rendent, comme malgré eux, aux vertus sociales.

Si l'on n'a pas cette civilité qui s'annonce par les graces, on peut avoir celle qui annonce l'honnête-homme. Au lieu d'être artificieux pour plaire, il suffit d'être bon : au lieu d'être faux pour flatter les foiblesses des autres, il suffit d'être indulgent.

La civilité doit être variée par les différens sentimens qui peuvent l'inspirer. Ainsi la politesse des Grands doit être de l'humanité : celle des Inférieurs, de la reconnoissance : celle des égaux, des services mutuels et de l'estime.

Mais en général la civilité ne se pique point de distinguer au premier

mier coup d'œil, les états et les rangs ; elle commence par respecter tous les hommes, et ne se permet jamais d'affecter du mépris pour aucun, de quelque condition qu'il soit, s'il est homme de bien. Quest-ce que marquer du mépris à quelqu'un ? C'est lui montrer qu'on ne reconnoît en lui, ni de bonnes, ni de mauvaises qualités.

Le mépris est une plaie insupportable au cœur humain..... Quelque pouvoir et quelque autorité qu'on ait sur nous, nous ne pensons jamais qu'on ait droit de nous mépriser.

Vous méprisez le bas peuple, à cause de sa grossiéreté, de son ignorance, etc. : mais, dans chacun de ceux qui le composent, envisagez des hommes comme vous, aimez-les à ce titre, et supportez leurs défauts. Soyez sur-tout indulgent pour ceux que l'infortune humilie : vos hauteurs et vos duretés leur rendroient encore plus cuisant le sentiment de leurs malheurs. Un infortuné est une chose sacrée. Mais dans cette classe même, si ignoble en apparence, combien de sujets, semblables au diamant brut, n'attendent qu'une main qui sache les mettre en œuvre pour rendre un éclat éblouissant? Celui que vous méprisez, est peut-être ce diamant brut qui mériteroit d'être à votre place.

J'en dis autant des domestiques:

ce sont des hommes ; ils ne sont déja que trop à plaindre d'être réduits à la servitude. Combien donc seroit bas et vil le reproche d'une naissance obscure ? Il ne prouve jamais que la bassesse de celui qui le fuit.

» Les hommes sont égaux : ce n'est point la naissance,
» C'est la seule vertu qui fait la différence.

Voilà ce qu'on a répété cent fois, et toujours inutilement. Il faut un mérite bien supérieur, bien éclatant, pour forcer l'estime quand on n'a ni un nom à citer, ni des richesses à étaler. L'or et la naissance se sont emparé exclusivement des rangs, de la considération et des égards.

Voyez avec quel dédain fastueux

on accueille l'homme qui n'a pour lui que son mérite modeste. En vain tenteroit-il, par ses discours sages et judicieux, de s'attirer l'attention qui lui est due : s'il parle il est à peine écouté, et la hauteur de ceux au milieu desquels il se trouve, redoublant sa timidité, il se trouble, il articule mal une phrase décousue, et, sans lui donner le tems de se remettre, on l'interrompt ou on lui tourne le dos, et là-dessus il est jugé irrévocablement et sans appel.

On dit que pauvreté n'est pas vice : c'est bien pis encore, car on ne fuit pas le vicieux, et on écarte bien soigneusement le pauvre : on ne s'informe même pas quel il peut être. Souvent tout son malheur est de n'être pas riche . . . .

Hélas ! pourquoi, tandis qu'il est si facile à celui que distinguent la naissance, le rang ou les richesses, de se faire chérir, préfère-t-il l'incomparable plaisir de se faire détester ? La nature et la fortune ont tout fait en sa faveur : quelques marques de bonté vont lui gagner tous les cœurs, et il ne veut pas profiter de ses avantages ! Il est pourtant si doux d'être aimé !

Extrait d'un recueil manuscrit qui nous a été communiqué.

XVIII.

LA PIE ET LA COLOMBE.

FABLE.

LA Pie et la Colombe étoient allées faire au Paon une visite de politesse. Comme elles s'en retournoient : « Ah ! ma chère, dit la » Pie, que ce Paon me déplaît ! » que son chant est désagréable ! » Pourquoi ne garde-t-il pas le si- » lence ? pourquoi ne cache-t-il » pas aussi ses vilains pieds » ? L'innocente Colombe lui répondit : » Je vous avouerai que je n'ai pas » songé à observer ses défauts : » mais convenez qu'on ne peut avoir

» un corsage, et plus noble, et
» plus élégant; convenez qu'il n'y
» a rien de plus beau dans la na-
» ture, que cette queue brillante
» dont l'éclat ne le céde point à
» celui des pierres précieuses. »

Les mauvais caractères cherchent à blâmer ce qu'il y a de répréhensible dans autrui : les bons, au contraire, recherchent avec plaisir les bonnes qualités des autres, et s'empressent d'en faire l'éloge.

Traduit du latin de DESBILLONS.

XIV.

Exemple touchant des sentimens religieux d'un jeune Sauvage de l'Amérique septentrionale.

M. *Carver*, Anglais, que l'envie de s'instruire conduisit, il y a quelques années, dans les parties les moins connues et les plus reculées de l'Amerique septentrionale, désira vivement de voir une chûte du fleuve de Mississipi, qu'on appelle la cataracte, ou le saut de Saint Antoine, et qui offre le plus beau spectacle de ce genre dont on puisse se former une idée.

Il rencontra, sur son chemin,

un jeune Prince de la nation des Ouinebagos, qui, ayant appris le but de son voyage, voulut l'accompagner. M. *Carver* y consentit avec plaisir, et ils marchèrent de compagnie, n'ayant pour toute suite qu'un domestique français.

« Nous pouvions, dit M. *Carver*, entendre distinctement le bruit du Saut, quinze milles avant d'y arriver. Je fus surpris et frappé, au-delà de toute expression, lorsque je me trouvai à portée de ce superbe spectacle; mais il me fut impossible de me livrer à ces premiers sentimens. Mon attention fut absorbée par la conduite de mon compagnon de voyage ».

« En effet, le Prince n'eut pas

plutôt gagné la pointe qui domine cette étonnante cascade, qu'il s'adressa à haute-voix au Grand-Esprit (nom sous lequel ces peuples désignent l'Etre-suprême), dont il regardoit ce lieu comme une des principales demeures. Il lui dit qu'il venoit de fort loin pour lui adresser ses adorations, et dans le dessein de lui faire les plus grandes offrandes qui fussent en son pouvoir. En conséquence, il commença à jetter sa pipe dans le courant, ainsi que son rouleau de tabac; il se dépouilla eusuite des bracelets qu'il avoit à ses bras, et à ses poignets, puis de son collier, qui étoit composé de perles et de fil d'argent, et enfin de ses pendans d'oreille. Il présenta ainsi à la divinité tout ce qu'il avoit de plus précieux dans son habillement. Pendant ce tems, il frappoit fréquemment sa poitrine, il élevoit les mains au Ciel, et paroissoit violemment agité ».

« Il continua, de cette manière, assez long-tems ses adorations, et il les termina par de ferventes prières au Grand-Esprit, pour qu'il nous accordât sa protection pendant nos voyages, qu'il nous donnât un beau soleil, un ciel serein, et des eaux claires et nullement troublées. Enfin il ne voulut point quitter la place, qu'il n'eût fumé avec moi une pipe en l'honneur du Grand-Esprit ».

« Je fus extrêmement surpris de

cet acte de religion de la part d'un Indien aussi jeune ; et, bien loin d'être tenté d'en rire, comme je voyois mon autre compagnon le faire sous cape, je conçus pour ce Prince un sentiment de respect ».

» En effet, toute la conduite de ce jeune Prince m'étonna et me charma à la fois. Pendant quelques jours que nous restâmes ensemble, son attention sembloit concentrée à me donner toute l'assistance qui étoit en son pouvoir, et, dans ce peu de tems, il m'en donna des preuves sans nombre ; ensorte qu'à mon retour du Saut, je ne me séparai de lui qu'avec le plus grand regret. Quand je considère les manières engageantes, quoique sans art, de cet Indien non policé par nos mœurs européennes, je ne puis m'empêcher de faire une comparaison entre lui et plusieurs des habitans les plus polis des contrées civilisées : et cette comparaison n'est pas, je l'avoue, en faveur des derniers ».

Tel est le récit de M. Carver. Mes jeunes lecteurs admireront sans doute eux-mêmes avec lui les sentimens religieux et la conduite honnête du jeune étranger qui n'avoit cependant pas l'avantage de recevoir, comme eux, tous les avantages que peut donner une bonne éducation. Je leur laisse le soin de se comparer au jeune Indien, et de voir si, dans les mêmes circonstances, ils se conduiraient comme lui.

Mais avant de terminer cet article, je sens qu'il seroit injuste de ne pas satisfaire leur curiosité sur la belle cataracte de Mississipi dont il y est question. J'aurai également recours à M. Carver qui l'a observée avec la plus grande attention.

« Le fleuve du Mississipi a, dans cet endroit, plus de sept cent cinquante pieds de large, et sa chûte est magnifique. Il tombe d'environ trente pieds de hauteur; mais les rapides et les tourbillons qu'il forme ensuite dans un espace de près de neuf cent pieds, rendent la descente beaucoup plus considérable: en sorte que la cataracte vue de loin, paroît beaucoup plus haute qu'elle ne l'est réellement.

Au milieu de la cataracte est une petite isle, d'environ quarante lieues de large, et un peu plus longue, sur laquelle croissent quelques sapins de diverses espèces. Environ à moitié chemin, entre cette isle et la rive orientale, est un rocher situé précisément au bord de la chûte, dans une position oblique, et qui paroît avoir cinq ou six pieds de large sur trente à quarante de longueur. Ce Saut est fort différent de tous les autres connus, en ce que l'on peut en approcher d'aussi près que l'on veut, sans y rencontrer aucun obstacle de rochers ou de précipices.

Le pays d'alentour est de la plus grande beauté. Ce n'est point une plaine sans interruption, où l'œil ne trouve aucun repos. Mais il est composé de plusieurs collines en amphitéâtre, qui, dans l'été, sont couvertes d'une belle verdure, entremêlée de bouquets de bois qui produisent une agréable variété. Cette perspective, lorsqu'elle comprend la cataracte qui peut être vue d'une distance de quatre milles d'Angleterre, présente un tableau auquel rien ne peut être comparé dans l'univers.

A peu de distance de la cataracte, est une petite isle d'un mille et demi ou environ, où croissent quantité de chênes, dont les branches sont chargées de nids d'aigles, au point de succomber sous leur poids. La raison pour laquelle les aigles s'y rassemblent ainsi, est qu'ils y sont à l'abri de toute attaque, soit des hommes, soit des animaux, leur retraite étant inaccessible à cause des courans rapides qui l'environnent. Une autre raison, c'est qu'ils y trouvent une nourriture abondante dans les poissons ou les bêtes qui sont mis en pièce par la chûte, et entraînés sur le rivage adjacent ».

X X.

QU'EST-CE QUE LA COMPASSION?

DIALOGUE ENTRE UN PERE ET SON FILS.

L E P E R E.

Es-TU allé te promener?

L'E N F A N T.

Oui, mon Papa.

L E P E R E.

Hé bien! qu'as-tu vu? qu'as-tu entendu?

L'E N F A N T.

Mon cher Papa, nous avons rencontré un mendiant...

L E P E R E.

Je t'ai déja dit plusieurs fois que

tu ne dois pas te servir de cette expression. Le nom de mendiant est injurieux, et quoique les gens soient pauvres, on n'a pas le droit de leur dire rien de désagréable.

L'ENFANT.

Nous avons donc rencontré un pauvre homme qui n'avoit pas de chemise, dont les habits étoient tout déchirés... Ah! cela faisoit horreur!

LE PERE.

Horreur! C'est sans doute pitié ou compassion que tu veux dire? Et que disoit ce pauvre homme?

L'ENFANT.

Il mendiait... (*se reprenant*) je me trompe, il désiroit d'avoir quelque chose.

LE PERE.

Et lui as-tu donné quelque chose?

L'ENFANT.

Mon cher Papa, je n'avois rien.

LE PERE.

Mais n'étois-tu pas fâché de voir ce pauvre homme dans cet état? Ne le lui as-tu pas témoigné ?

L'ENFANT.

Ah ! mon Papa, j'avois trop peur de lui : je me suis sauvé aussi vîte que j'ai pu.

LE PERE.

Cela n'étoit pas nécessaire : ce pauvre homme ne t'auroit rien fait. Il auroit beaucoup mieux valu avoir compassion de lui.

L'ENFANT.

Mais qu'est-ce que la compassion?

LE PERE.

Je vais te l'expliquer. Quand ta Maman a la migraine, quand elle souffre beaucoup, cela te fait-il plaisir ou peine ?

L'ENFANT.

Beaucoup de peine.

LE PERE.

Ainsi tu plains ta Maman de tout ton cœur ?

L'ENFANT.

Oh ! oui, de tout mon cœur.

LE PERE.

Hé bien ! mon ami, le sentiment que tu éprouves alors, est de la compassion. Maurice est ton bon ami : pourquoi pleurois tu dernièrement lorsqu'il s'est coupé la main, et que tu as vu couler le sang? Eprouvois-tu donc la même douleur que lui?

L'ENFANT.

Non, mais je le plaignois beaucoup, cela me faisoit de la peine.

LE PERE.

Voilà, mon cher enfant, ce que c'est que la compassion. Parce que tu aimes Maurice, tu ne peux lui souhaiter que du bien, et jamais de mal : quand il est gai, tu partages sa gaîté, et quand il souffre, tu souffres avec lui.

Mais il faut aimer assez tous les hommes, qui sont tous tes frères, puisqu'ils sont tous hommes comme toi, pour être fâché des maux qui leur arrivent, et les secourir si tu peux. On dira alors que tu es compatissant. Vois-tu, mon fils, si tu veux avoir un bien grand plaisir que tu ne connois point encore, épargne de l'argent qu'on te donne pour te divertir, afin que tu puisses secourir les pauvres qui auront recours à toi.

L'ENFANT.

Je n'y manquerai pas, mon cher Papa, je n'y manquerai pas. Je vais commencer dès aujourd'hui. J'ai encore trois livres ; je voulois acheter un beau fouet, je ne l'acheterai pas, et je tâcherai de retrouver mon pauvre pour les lui donner.

Imité et traduit du livre allemand intitulé : Première nourriture de l'esprit, etc.

www.ingramcontent.com/pod-product-compliance
Lightning Source LLC
LaVergne TN
LVHW020321230826
846091LV00003B/739
9782329294087